TROIS PETITES

COMÉDIES

POUR LES ENFANTS

TRADUITES DE L'ITALIEN

PAR

Mme JENNY BÉNARD

PARIS
IMPRIMÉ PAR CHARLES NOBLET
18, RUE SOUFFLOT.

1868

PETITES COMÉDIES

1867

TROIS PETITES

COMÉDIES

POUR LES ENFANTS

TRADUITES DE L'ITALIEN

PAR

Mme JENNY BÉNARD

PARIS

IMPRIMÉ PAR CHARLES NOBLET

RUE SOUFFLOT, 18

1867

A MON PETIT AMI

JACQUES BLANCHE

Si je t'offre, mon cher Jacques, la traduction que je viens de faire de trois comédies enfantines de la signora Rosellini, c'est que je te crois déjà capable de t'intéresser à la lecture de ces petites scènes de famille si pleines de naturel et d'une morale irréprochable. Oh! ce n'est pas mon petit Jacques qui voudrait imiter HENRI, ERNEST *ou* CAROLINE, *il sait trop bien que la gourmandise est un grand défaut et que le mensonge est pire encore; mais il voudra toujours ressembler davantage à* ADELINE *et à* BERNARD *qui s'aiment si tendrement et savent se dévouer l'un pour l'autre; car « rien ne contribue autant que l'amour fraternel à la paix et à la félicité des familles. »*

JENNY BÉNARD.

LES GOURMANDS

PETITE COMÉDIE EN DEUX ACTES ET EN PROSE

PERSONNAGES :

LE COMTE D'ALBA FIORITA.

HENRI, son fils, enfant de neuf ans.

ERNEST, son neveu, enfant de douze ans.

LISE, villageoise, locataire.

NINA, sa fille, enfant de cinq ou six ans.

JÉROME, vieux serviteur du comte.

—

La scène est censée se passer dans une villa du Comte.

ACTE PREMIER

SCÈNE Ire.

Un salon. — HENRI entre soutenu par JÉROME qui tient un verre à la main.

HENRI.

Ah ! Jérôme !...

JÉROME.

Buvez encore un peu de cette eau de menthe.

HENRI.

Quelle révolution dans mon estomac ! Je croyais que j'allais mourir !

JÉROME.

Je le crois bien. Boire de l'huile de noix.....

HENRI.

Mais sur l'étiquette de la fiole on avait écrit *Liqueur d'anisette;* pourquoi alors avoir mis de l'huile dedans?

JÉROME.

Qui sait combien de temps s'est écoulé depuis que cette huile y a été mise? Je crois que c'est le peintre qui a restauré le tableau de la chapelle qui l'a déposée dans la fiole... Mais le mal n'est pas là, il est dans la gourmandise, mon petit monsieur, je dirai même dans la gloutonnerie, qui vous ferait avaler n'importe quoi. Je vous avertis que si vous ne vous corrigez pas de ce vice, un jour ou l'autre vous prendrez du poison.

HENRI.

Oh! tu me fais frissonner! Je craignais déjà d'en avoir pris ce matin.

JÉROME.

Grâce au ciel, pour cette fois la nausée est finie; vous ne souffrirez pas davantage.

HENRI.

En effet, je me sens passablement bien. Mais je suis fâché qu'Antoine, le fils du fermier, m'ait vu. Il riait tant qu'il pouvait pendant que je me tordais, et certainement il racontera la chose à tout le village.

JÉROME.

N'ayez pas peur; je lui dirai de se taire.

HENRI.

Bon Jérôme! avec quel plaisir je suis venu à la campagne! D'autant plus que la propriété dont ma tante a hérité est près d'ici. N'est-ce pas?

JÉROME.

On peut dire à deux pas; on la voit de la fenêtre, là au bout du sentier, tout à l'entrée de la grande route.

HENRI.

Vraiment? Oh! quel bonheur! Ernest et moi nous serons toujours ensemble, nous jouerons à la balle, nous irons nous promener...

JÉROME.

Je ne me réjouis pas du tout de cela, car ce voisinage n'est pas bon pour vous.

HENRI.

Toi, tu n'aimes pas mon cousin Ernest ; tu dis toujours qu'il est impertinent, mais ce n'est pas vrai.

JÉROME.

Comment, ce n'est pas vrai ? Il n'a ni respect pour les vieillards ni charité pour les pauvres, il croit que tout lui est permis... Bref, sa mère l'élève fort mal en lui laissant faire tout ce qu'il veut. Mon cher petit monsieur Henri, tâchez de ne pas lui ressembler, car vous ne vaudriez pas grand'chose.

HENRI.

Je peux bien m'amuser avec lui sans prendre ses défauts.

JÉROME.

« Qui se ressemble s'assemble. » Mais si vous n'avez plus besoin de moi, je vais brosser les habits de M. le comte.

HENRI.

Tu peux y aller, je suis bien maintenant et je m'amuserai avec ma petite voiture.

(*Jérôme sort.*)

SCÈNE II.

HENRI s'approche d'une table et essaye de raccommoder sa petite voiture. — ERNEST entre.

HENRI.

Pendant le voyage mon beau landau a été endommagé, les roues ne tournent plus. Il faudra le faire raccommoder. Si papa sortait de son bureau, je lui demanderais la permission d'aller chez Ernest. Il me semble qu'il tarde bien à venir me voir. Mais, chut ! je crois l'entendre rire. Oui, c'est bien sa voix... C'est lui... c'est lui. Oh ! quel bonheur ! mon cousin.

(*Il va au-devant de lui et l'embrasse.*)

ERNEST.

Bonjour, Henri. Cela me fait plaisir de te voir.

Ah ! ah ! ah ! laisse-moi finir de rire, car je n'en peux plus...

HENRI.

Et pourquoi ris-tu à te démettre la mâchoire?

ERNEST.

J'ai su que tu avais trouvé de la bonne liqueur... Ah ! ah !...

HENRI, *mortifié.*

Antoine n'a rien eu de plus pressé que de parler.

ERNEST.

C'est la première chose qu'il m'a dite, et il m'a fait mourir de rire.

HENRI.

Je te l'aurais peut-être conté moi-même, mais, je t'en prie, ne le dis à personne, parce qu'on me ferait honte de ma gloutonnerie.

ERNEST.

Oh ! tu as honte de peu de chose. Et moi aussi plus d'une fois on s'est moqué de ma gourmandise. Il y a un an, par exemple, que, croyant manger du café en poudre, j'ai avalé du tabac ; une autre fois j'ai pris de la crème de tartre pour du sucre pilé. Mais l'expérience m'a instruit ; maintenant je ne mange rien sans bien savoir ce que c'est. A propos, j'ai attendu ton arrivée pour que nous fassions ensemble un beau butin.

HENRI.

Et qu'avons-nous donc à prendre ?

ERNEST.

Des pêches, mais je ne fais pas une plaisanterie, si grosses, si grosses qu'elles ressemblent à des melons.

(*Il lui montre la grosseur.*)

HENRI.

Des pêches ? Comment, il y en aurait déjà ? Je n'en ai pas encore mangé.

ERNEST.

En effet, ce sont des primeurs ; mais de pareilles à celles-ci, je peux dire que tu n'en as jamais vu. Elles sont jaunes comme de l'or, et j'en ai pris une que j'ai trouvée juteuse et d'un goût exquis ; mais il faudrait partir tout de suite, elles sont mûres, et si nous les laissions sur l'arbre, d'autres les cueilleraient.

HENRI.

Et à qui appartiennent-elles ?

ERNEST.

Comment veux-tu que je le sache ? Elles sont dans un verger, à peu de distance de ma villa. Le pêcher est tout prêt de la route ; en escaladant la haie, on monte facilement sur l'arbre et on peut en prendre tant qu'on veut. Viens, nous ferons cette partie avant le dîner.

HENRI.

Je ne peux pas sortir sans demander la permission à papa.

ERNEST.

Oh ! quelle scie ! Moi je vais où je veux et personne ne me dit rien. Mais il ne faut pas différer, d'autant plus que nous dînons tard, et que si nous attendions à demain, je craindrais de les trouver cueillies. Chargeons un domestique de dire que je t'ai emmené à ma villa.

HENRI.

Attends, je le demanderai à Jérôme.

ERNEST.

Diable! voudrais-tu donc lui obéir, à lui aussi? Il est si assommant ce vieux bonhomme!

HENRI.

Ne parle pas ainsi : papa dit que les vieillards doivent être respectés, et lui-même il a des égards pour Jérôme, qui l'a vu tout enfant.

ERNEST.

Je suis vraiment heureux de n'avoir pas de ces vieux poussifs à la maison. Tous mes domestiques sont lestes, hardis et forts, et j'ai appris d'eux à monter sur les arbres, à faire le coup de poing, à jouer... Mais voici mon oncle : je vais lui demander qu'il te permette de venir avec moi.

HENRI.

Oui, oui.

SCÈNE III.

LE COMTE et les PRÉCÉDENTS.

LE COMTE.

Henri, prends ton chapeau... Oh! Ernest, bonjour.

ERNEST.

Bonjour, mon oncle, je suis content de vous voir.

LE COMTE.

Ta maman va bien?

ERNEST.

Très-bien ; seulement elle est un peu triste parce que cette villa dont elle a hérité ne lui plaît pas beaucoup.

LE COMTE.

Et pourquoi? la situation est belle, le bâtiment vaste, confortable et en bon état.

ERNEST.

Oui, tout cela est vrai. Mais c'est loin de la ville, et le soir elle ne peut aller au théâtre. Il vient peu de monde et voilà pourquoi elle s'ennuie.

LE COMTE.

(Pauvre sœur! elle a toujours eu la tête légère.) Et toi, comment passes-tu ton temps?

ERNEST.

Moi, je prends des oiseaux au filet, je fais du bruit et de l'exercice, je m'amuse partout, et maintenant beaucoup plus encore dans la compagnie de Henri. Et même je voulais vous prier de le laisser venir avec moi pour voir ma villa. Le voulez-vous ?

LE COMTE.

J'avais l'idée de le mener visiter la papeterie qui est près d'ici. Nous pourrions aller là, tous ensemble.

HENRI.

Oh ! oui ! cher cousin, viens avec nous.

ERNEST.

Je regrette de ne pouvoir y aller. J'ai promis à maman de rentrer tout de suite. Elle attendait aussi Henri et serait fâchée de ne pas le voir.

HENRI.

Donc?...

ERNEST.

Est-ce qu'on ne pourrait pas, mon oncle, remettre la visite de la papeterie à demain? Aujourd'hui je ferais voir ma villa à mon cousin.

HENRI.

Oh! oui! oh! oui! cher papa.

LE COMTE.

Comme il vous plaira : allez ensemble, enfants, vous n'avez qu'à traverser un petit sentier. Moi, pendant ce temps-là, je verrai deux cuves que j'ai fait faire. Adieu, soyez sages et prudents pour ne pas vous faire de mal.

ERNEST.

Ne craignez rien, mon oncle.

HENRI.

Soyez tranquille. Nous sommes raisonnables.

(*Le comte sort.*)

SCÈNE IV.

ERNEST, HENRI, puis JÉROME.

ERNEST.

Grand bêta ! tu avais déjà tout gâté en disant que tu irais avec ton père ; et tu ne pensais pas que, si nous nous attardons, nous n'arriverons pas à temps.

HENRI.

Tu as raison, je l'avais oublié.

ERNEST.

Allons donc tout de suite au verger. Quand nous retournerons, je te ferai prendre un chemin de traverse et je te conduirai à ma villa. (*Il prend Henri par la main, mais au moment de sortir précipitamment, les enfants rencontrent Jérôme.)*

JÉROME.

Où courez-vous ainsi, mes petits messieurs?

ERNEST.

Où bon nous semble.

HENRI.

Non, Ernest...

JÉROME.

Ce ne sont pas des réponses à faire à un homme...

ERNEST.

A un homme ennuyeux comme toi, je réponds ainsi. Viens, Henri.

JÉROME.

M. le comte sait que vous sortez ensemble?

HENRI.

Il le sait, il le sait. Ne craignez rien, Jérôme, il m'en a donné la permission.

JÉROME.

Puisque c'est ainsi, je me tais. (*Les enfants sortent.*) Mais moi, certainement, je ne l'aurais pas permis, car je regarde ce petit monsieur Ernest comme un vaurien. Et quand je pourrai parler à M. le comte, je lui conseillerai de ne pas trop laisser ensemble ces garçons-là.

(*Il sort.*)

FIN DU PREMIER ACTE.

ACTE SECOND

SCÈNE Ire.

Un verger entouré d'une haie avec une petite maison d'un côté et un grand pêcher au milieu.

HENRI et ERNEST sont assis sur ses branches et cueillent les fruits.

HENRI.

Allons! n'en cueillons plus.

ERNEST.

Tu as raison, car il n'y en a plus de mûres ; du reste, je les voudrais toutes.

HENRI.

Combien en as-tu mangé?

ERNEST.

Quatre seulement.

HENRI.

Et moi trois, mais je n'en peux plus.

ERNEST.

Ne vois-tu pas que j'ai fait une espèce de petit sac avec mon mouchoir, et que j'en ai mis huit dedans ; toi et moi, nous en mettrons encore au moins une dans chaque poche, et ainsi nous aurons une bonne provision pour plusieurs jours.

HENRI.

Il me semble entendre chanter de ce côté; oh! oui, regarde, voilà une paysanne qui se dirige vers cette maison.

ERNEST.

Sauvons-nous! sauvons-nous!

(*Il jette à terre le mouchoir avec les pêches, puis il descend d'un saut et met le petit sac sur ses épaules.*)

HENRI.

Va doucement, de grâce !

ERNEST.

Oh ! moi, je suis leste et agile comme un chevreuil ; va lentement, toi qui es si flegmatique. Je prends le petit sac ; tu viendras à la villa par le chemin que nous avons fait, et là nous partagerons notre butin.

(Il saute par-dessus la haie et part en courant.)

HENRI.

Attends-moi, aide-moi..... Ah ! enfin, me voici par terre. Ernest fait comme le vent ; et maintenant, comment ferai-je pour passer tout seul par-dessus la haie?... Oh ! mon Dieu ! voilà les paysans qui viennent... Je n'ai plus le temps de m'enfuir ; je me cacherai derrière ces broussailles.

(Il se cache.)

SCÈNE II.

LISE, avec une charge d'herbes sur les épaules.
NINA, un petit panier au bras.

NINA.

Ah! nous voilà à la maison! (*Lise met par terre sa charge d'herbes.*) Maintenant, tu allumeras le feu, chère maman, et tu feras la soupe, n'est-ce pas?

LISE.

Ma Nina, tu as donc bien faim?

NINA.

Oh oui! car je n'ai rien mangé de toute la journée, si ce n'est du fruit.

LISE.

Mais le paysan chez lequel nous avons travaillé t'a donné du pain, je crois?

NINA.

Oui, et je l'ai mis là dans le panier. Je le porte à la maison pour le manger avec toi, chère maman.

LISE.

Mangeons-le maintenant, et contentons-nous de cela pour ce soir.

NINA.

Oh! mon Dieu! Nous sommes bien pauvres, en vérité!... Mais s'il n'y a pas autre chose, résignons-nous. Mangeons le pain. Prends ce morceau-là, maman, c'est le plus gros.

(Elle donne un morceau de pain à sa mère, et toutes deux s'asseyent sur une pierre en mangeant et en causant.)

LISA.

Que veux-tu, ma petite fille, notre triste condition, à nous autres, est celle des pauvres journaliers. Quand mon mari vivait et que nous avions un petit bien, les choses n'allaient pas ainsi. On n'achetait ni le pain, ni le vin, ni l'huile, ni le bois, et puis nous avions, toute l'année, les légumes et les fruits... Ah! c'étaient des temps heureux!...

NINA.

Je ne m'en souviens pas.

LISA.

Tu ne peux pas t'en souvenir, car je venais à peine de te sevrer quand le pauvre homme mourut et que mes méchants beaux-frères me chassèrent de la maison avec le peu de hardes que je possédais; car, étant pauvre dès ma naissance, je n'avais pas apporté de dot.

NINA.

Quand le grand-père vivait, tout allait mieux que maintenant; nous mangions toujours la soupe.

LISE.

Sans doute. Un homme travaille et gagne plus qu'une femme; et mon père, quoiqu'il fût âgé, ne s'arrêtait jamais. Hélas! j'ai perdu tous ceux qui pouvaient m'aider!...

(*Elle pleure.*)

NINA.

Ne pleure pas, maman, car moi, je t'aiderai (*elle se lève et court à sa mère*) ; et, quand je serai grande, j'apprendrai à tisser et je gagnerai quelque chose.

LISE.

Oh ! ma chère Nina ! (*Elle l'embrasse tendrement.*) Avant que tu ne sois grande, que de larmes je verserai encore ! Dans trois jours, le maître de la maison viendra pour le loyer, et, à force de travail et de sueurs, il me faut amasser une trentaine de francs.

NINA.

Pauvre maman ! tu me fais pleurer, moi aussi !... Mais, à propos, pour le loyer, nous avons les petits poussins et les pêches que nous porterons au marché... (*Elle lève les yeux vers le pêcher.*) Ah ! que vois-je ? Oh ! les plus belles n'y sont plus !

LISE.

Qu'as-tu dit? Pauvre femme que je suis ! (*Elle se lève avec précipitation et regarde le pêcher.*) Oh !

mon Dieu! ils les ont volées! Il ne me manquait plus que ce malheur!... Coquins! assassins! A une pauvre femme qui n'a rien autre, enlever cette unique richesse!... Et moi qui voulais les porter à la villa de la Princesse russe! Et qui sait combien elle me les aurait payées, car ce sont des primeurs... Ah! tout mon espoir est perdu. Malheureuse! malheureuse!

NINA.

Regarde, maman, regarde; ils les ont mangées. Oh! les gloutons! Voilà une quantité de noyaux.

(*Elle fait le tour du pêcher et trouve les noyaux.*)

LISE.

Que ces pêches se changent pour eux en poison!

NINA.

Et moi qui, tous les matins, les regardais et ne pouvais en détacher mes yeux... Ah! je ne les ai pas même goûtées!...

LISE.

Il y en avait une vingtaine toutes mûres, et

ils n'en ont même pas laissé une seule ! Maintenant, quelle ressource me reste-t-il? A qui m'adresserai-je ?...

SCÈNE III.

HENRI, pleurant. LES PRÉCÉDENTES.

HENRI.

Tenez, prenez ces deux-là. (*Il sort de ses poches deux pêches.*) Avant peu, je vous en rapporterai d'autres.

LISE.

Comment, vous, mon petit monsieur ?

NINA.

Maman, est-ce qu'il serait le voleur?

HENRI.

Oui, je le suis... Je ne le suis que trop... (*Il se met à genoux en sanglotant.*) Mais, pardonnez-moi, de grâce!... Ne craignez rien... Je confesserai ma faute à papa... Il est riche, et il vous donnera ce que vous aurait donné la Princesse russe...

LISE.

Oh! qu'est-ce que vous dites là? Levez-vous. (*Elle le relève.*) Et même excusez-nous si... Mais, est-ce que vous seriez monté tout seul sur le pêcher ?

HENRI.

Non, un de mes camarades était avec moi. Ah! s'il avait entendu combien vous êtes pauvres, il se serait mille fois repenti d'avoir été si gourmand. Tiens, Nina, mange ces deux pêches, goûte-les, du moins, elles sont si bonnes.

NINA.

Maman, dois-je les manger, ou voulez-vous les conserver?

HENRI.

Mange-les, mange-les. Elles seront payées à ta maman. Je rendrai à papa la montre qu'il m'a donnée à Noël pour qu'il la vende. Ainsi, vous ne perdrez rien, pauvre femme.

LISE.

Que le ciel vous bénisse, mon enfant, et vous rende de plus en plus bon et charitable.

NINA.

Prends-en donc une, maman, et moi je mangerai l'autre.

SCÈNE DERNIÈRE.

JÉROME, LE COMTE et les PRÉCÉDENTS.

JÉROME, *du dehors.*

Y a-t-il quelqu'un à la maison ?

LISE.

Qui est-ce qui est là ?

(*Elle va ouvrir.*)

HENRI.

C'est la voix de Jérôme.

JÉROME.

Bonsoir. (*Apercevant Henri.*) Oh ! que le ciel soit béni ! Venez, monsieur le comte, il est ici sain et sauf.

LE COMTE.

Salut, bonne dame.

LISE.

Je suis votre servante.

HENRI.

Oh ! voici mon papa.

(*Il court l'embrasser.*)

LE COMTE.

Ah ! Henri ! que j'étais donc inquiet de toi !

HENRI.

Pourquoi ? Est-ce que j'ai été en retard ?

LE COMTE.

Non, mais je suis allé chez ma sœur pour te chercher et tu n'y étais pas, et pendant que j'étais chez elle, Ernest... Oh ! mon Dieu ! Ernest...

HENRI.

Qu'est-ce qui est arrivé? Il s'est enfui d'ici avec les pêches.

JÉROME.

Et en courant avec sa charge sur le dos, il a voulu sauter par-dessus un ravin pour entrer dans la villa par le chemin le plus court, et il est maladroitement tombé.

HENRI.

Pauvre cousin! Et il s'est fait beaucoup de mal.

JÉROME.

Un paysan l'a ramené à la maison et l'on craint qu'il ne se soit cassé une jambe.

HENRI.

Oh! mon Dieu! quel malheur!

LE COMTE.

Figure-toi ce que j'ai dû éprouver en le voyant dans cet état et en ne te voyant pas avec lui!... Mais comment te trouves-tu donc ici?

HENRI.

Ah ! cher papa ! c'est la gourmandise qui m'y a conduit. Ernest et moi nous avons dépouillé le pêcher. Plus leste que moi, il s'est enfui et je me suis caché derrière ces buissons de roses. Etant là, j'ai entendu combien cette bonne femme et sa petite fille étaient pauvres. Pendant que nous avons à dîner tant de bons mets, elles, elles n'ont mangé autre chose qu'un peu de pain noir ! Oh ! les malheureuses ! et je leur ai pris leur unique richesse, leurs pêches. Cher papa, pardonnez-moi et réparez tout le mal que j'ai fait. Tenez, reprenez ma montre, et si cela ne suffit pas, vendez mon habit neuf, mon chapeau de feutre, tout ce que je possède enfin ; j'aimerais mieux être privé de tout que d'éprouver le chagrin d'avoir augmenté la misère de ces bonnes créatures.

LE COMTE.

Ah ! viens dans mes bras, mon cher Henri. Oui, nous réparerons tout le mal et tu me donneras ta petite montre, parce que la privation que cela te causera te fera souvenir de ta faute.

Elle coûte trente francs, ce qui pourra certainement, et même avec quelque avance, payer les pêches que vous avez prises. A combien, ma bonne femme, peut s'élever le dommage qu'ils vous ont causé ?

LISE.

Oh ! monsieur ! il y avait une vingtaine de pêches. Donnez-moi ce que vous voulez.

HENRI.

Papa, puisque vous dites que ma petite montre coûte trente francs, donnez les trente francs à cette pauvre femme, qui dans le moment en a bien besoin pour payer le loyer de sa maison.

LISE.

Bah ! mon petit monsieur ?

LE COMTE.

Oui, mon fils, je veux suivre l'impulsion de ton bon cœur. Tenez, bonne dame.

(*Il lui donne l'argent.*)

LISE.

Oh! quelle Providence! Puisse le ciel vous récompenser, vous et votre petit garçon! Nina, remercie-les, toi aussi.

NINA.

Que Dieu vous le rende au centuple!

HENRI.

Maintenant allons chez mon cousin. Le voulez-vous, papa?

LE COMTE.

Oui, cher enfant, allons-y. Et que le souvenir de toutes les mésaventures de ce jour te serve de leçon pour l'avenir! Considère que si le hasard ne t'avait pas fait connaître la misère de ces pauvres créatures, tu n'aurais pu réparer la cruauté dont tu t'es rendu coupable envers elles.

De là, mets-toi bien dans l'esprit qu'il ne faut jamais chercher son plaisir aux dépens des autres.

JÉROME.

Et pour votre bien comme pour celui de tout le monde, corrigez-vous du vice de la gourmandise.

FIN DES GOURMANDS.

LE POT DE FLEURS

OU

L'AMOUR FRATERNEL

PETITE COMÉDIE EN UN ACTE

PERSONNAGES :

RODOLPHE.

ADELINE, } ses enfants.
BERNARD, }

—

La scène est censée se passer à Florence.

ACTE UNIQUE

—

SCÈNE Ire.

Un cabinet avec une étagère chargée de livres, une table au milieu avec du papier et un encrier.

Sur le devant du théâtre on placera par terre un pot de fleurs.

RODOLPHE, *seul, un livre à la main. Il regarde le pot de fleurs.*

Cette fleur est tout à fait semblable à celle que décrit le Naturaliste. Quoique plantée dans un climat bien différent de celui de l'Amérique méridionale, j'ai pu, à force de soins, l'amener à sa perfection. Plus tard, quand j'en aurai recueilli la semence...

SCÈNE II.

ADELINE, BERNARD et le PRÉCÉDENT.

ADELINE.

Cher papa, voilà votre mouchoir, il est fini. Regardez s'il est bien ourlé.

BERNARD.

Papa, voici ma traduction. J'espère qu'il n'y aura pas de fautes dedans, ce matin.

RODOLPHE.

Mes chers enfants, en remplissant bien tous vos devoirs vous me donnez la plus grande consolation que je puisse éprouver ici-bas. Merci, Adeline, car tu as ourlé avec beaucoup d'empressement mon mouchoir. Je veux m'en servir tout de suite, mais sans examiner si l'ourlet est bien fait ; c'est ta maman qui doit en juger.

ADELINE.

Oh ! maman, ne l'a pas trouvé mal fait.

RODOLPHE.

Cela suffit. Bernard, donne-moi ta traduction.

BERNARD.

La voici.

(*Pendant que le père se dirige du côté de la table et regarde le devoir, les enfants parlent entre eux.*)

ADELINE.

La journée est si belle que je voudrais prier papa de nous conduire dans le beau jardin qui est le long des remparts, mais je n'ose pas.

BERNARD.

Si ma traduction est bien faite, je le lui demanderai, moi, et j'espère qu'il ne me dira pas non.

ADELINE.

Oh! oui, oh! oui, demande-le.

RODOLPHE.

Mon cher Bernard, viens ici que je te donne un bon baiser. Ton devoir est parfaitement fait. Applique-toi toujours ainsi et tu auras bientôt surmonté les premières difficultés qui parfois sont ennuyeuses. Tu verras ensuite quelles belles études je te ferai faire. L'Histoire naturelle, principalement t'intéressera beaucoup.

BERNARD.

Qu'est-ce qu'enseigne donc l'Histoire naturelle ?

RODOLPHE.

Au moyen de cette science on connaît à fond tous les objets dont on est entouré, et en observant la perfection de tout ce que Dieu a créé, notre esprit devient plus apte à concevoir la grandeur et la puissance de l'Eternel.

ADELINE.

Et moi, apprendrai-je aussi toutes ces belles choses ?

RODOLPHE.

Tes études seront moins profondes, sans doute ; car si l'instruction rend les femmes plus aimables, trop de science les éloigne souvent des devoirs qui leur sont propres, et les rend toujours un objet de critique et de jalousie.

BERNARD.

Papa, Adeline et moi nous voudrions vous demander quelque chose.

RODOLPHE.

Parlez, mes chers amis.

ADELINE, *timidement.*

Le temps est si beau...

BERNARD.

Nous n'avons plus rien à faire maintenant.....

RODOLPHE.

Je comprends, vous désirez aller vous promener avec moi.

ADELINE ET BERNARD.

Oui, oui.

(Ils sautent autour de leur père.)

RODOLPHE.

Je ne demande pas mieux.

ADELINE.

Mais il y a une autre chose...

BERNARD.

Nous voudrions aller voir...

RODOLPHE.

Eh bien ! où voudriez-vous donc aller ? (*Il les prend par la main.*) Dites-le sans crainte, parce que, quand vous vous conduisez bien, je suis tout disposé à vous faire plaisir.

ADELINE.

Cher papa...

BERNARD.

Nous avons tant entendu vanter le jardin anglais qui est situé le long des remparts, qu'il nous serait bien agréable de le voir. Voulez-vous que nous y allions, papa?

RODOLPHE.

Très-volontiers. Attendez-moi là un instant. Je vais m'habiller et je reviens.

SCÈNE III.

ADELINE et BERNARD.

ADELINE.

Que papa est donc bon ! Vois comme il est complaisant quand nous avons été sages.

BERNARD.

Et nous-mêmes nous jouons avec plus d'entrain quand nous savons avoir mérité notre récréation.

ADELINE.

C'est vrai. Oh ! je suis bien heureuse.

BERNARD.

Qu'il me tarde d'être dans ces belles allées! Oh! que de sauts et de gambades j'y ferai.

(Il saute sur la scène et en s'approchant du vase, il casse la fleur qui tombe par terre.)

ADELINE.

Oh! mon Dieu! qu'as-tu fait?

BERNARD.

Qu'est-il donc arrivé?

ADELINE.

La fleur que papa cultive avec tant de soin, regarde, elle est là, par terre.

BERNARD.

Oh! comment allons-nous faire?

ADELINE.

S'il la voit, il se fâchera.

BERNARD.

Et il ne voudra plus nous conduire au jardin.

ADELINE.

Ecoute : il me vient une pensée. (*Elle ramasse la fleur et se penche vers la plante.*) On pourrait la rattacher avec un peu de cire de façon à ce que, pour l'instant, on ne remarquât rien...

BERNARD.

Oh! oui! Adeline, rattache-la, je t'en prie, je vais tout de suite chercher de la cire.

(*Il sort en courant.*)

SCÈNE IV.

ADELINE, puis RODOLPHE.

ADELINE, *seule.*

Voilà! (*Elle est toujours baissée près du pot de fleurs.*) Si l'on pouvait la rattacher ainsi, rien ne se verrait.

RODOLPHE.

Adeline, que fais-tu donc là, près du pot de fleurs?

ADELINE.

Oh!... papa.

(*Elle tressaille et se relève tenant toujours la fleur dans sa main.*)

RODOLPHE.

Comment? Est-ce que tu aurais cueilli ma fleur? Une fleur qui, pour la première fois est née dans nos climats, que j'ai cultivée avec tant de soin, dont je voulais prendre la graine, l'aurais-tu donc arrachée? Ah! malheureuse enfant! et cela tandis que je pensais à te procurer un plaisir, à t'emmener promener, as-tu donc voulu me faire de la peine?

ADELINE, *avec crainte.*

Je ne l'ai pas cueillie.

RODOLPHE.

Comment donc alors se trouve-t-elle dans ta main?

ADELINE.

Elle est tombée... quand, heurtant par mégarde...

RODOLPHE.

Cette excuse ne suffit pas. Si tu avais été plus attentive, tu n'aurais pas heurté la plante, et, quoiqu'il soit vrai de dire qu'en la cueillant tu aurais fait une plus grande faute encore, ton étourderie n'en doit pas moins être corrigée et punie.

SCÈNE V.

BERNARD, RODOLPHE, ADELINE.

BERNARD, *entre et s'arrête en voyant son père.*

(Papa gronde ma sœur.)

RODOLPHE.

Mille choses plus graves encore pourraient résulter du peu d'attention qu'on apporte à ce qu'on fait. Dire ensuite que c'est un malheur, ce n'est pas réparer le dommage. Donc pour que tu sois plus prudente à l'avenir, je te ferai rester à la maison aujourd'hui.

(*Adeline a toujours la tête baissée et reste sans parler. Bernard s'avance tout doucement.*)

RODOLPHE.

Bernard, prends ton chapeau et allons au jardin.

BERNARD, *timidement.*

Et Adeline, papa...

RODOLPHE.

Elle a brisé cette fleur, et par punition elle ne sortira pas.

BERNARD.

Ah! cher papa. (*Il se jette aux pieds de son père.*) C'est moi qui, en sautant de joie à la pensée d'aller nous promener, ai heurté la plante... Adeline n'est pas coupable, et c'est moi qui dois rester à la maison.

(*Adeline pleure.*)

RODOLPHE.

Comment, toi?...

BERNARD.

Oui, elle est innocente.

(*Il se relève et va embrasser Adeline.*)

RODOLPHE.

Ah ! venez sur mon cœur, mes chers enfants... Toi, Adeline, plutôt que d'accuser ton frère tu as mieux aimé être punie ; et toi, Bernard, tu as confessé ta faute, en te soumettant volontairement au châtiment qu'elle devait entraîner. Votre conduite, à tous les deux, mérite une récompense.

BERNARD.

Ma pauvre petite sœur, combien je te remercie du bon cœur que tu as montré...

(*Il la caresse.*)

ADELINE.

Cher Bernard, j'étais heureuse de t'éviter un chagrin.

RODOLPHE.

La plante (*il examine le pot de fleurs*) produira certainement quelques autres bourgeons, et vous, mes chers enfants, vous n'en approcherez plus, je l'espère, qu'avec prudence.

BERNARD.

Oh ! quant à moi, je m'en tiendrai toujours bien loin.

ADELINE.

Et moi aussi...

RODOLPHE.

Allons maintenant nous amuser dans le jardin. Continuez, mes chers enfants, à vous aimer ainsi, car rien ne contribue plus que l'amour fraternel à la paix et à la félicité des familles.

FIN DU POT DE FLEURS.

LE MENSONGE

PETITE COMÉDIE EN DEUX ACTES ET EN PROSE

5.

PERSONNAGES :

ROBERT, rentier.

CAMILLE, sa femme.

CAROLINE, leur fille.

ANNETTE, femme de chambre.

VINCENT, père d'Annette.

La scène est censée se passer à Florence.

ACTE PREMIER

SCÈNE Ire.

Un salon avec une table de côté, sur laquelle on voit un panier à ouvrage rempli de linge.

CAROLINE fait de la dentelle au tambour.
ANNETTE coud.

CAROLINE.

Je suis vraiment enchantée, ma chère Annette, que maman t'ait prise pour aider la femme de chambre qui n'est plus jeune.

ANNETTE.

Et moi, je ne puis assez dire combien je suis heureuse d'être auprès de vous ! Quand j'étais à la maison, il me semblait que le temps où vous deviez venir à la campagne, et où nous serions réunies, n'arriverait jamais. Après tout il est naturel que nous nous aimions puisque nous sommes sœurs de lait.

CAROLINE.

Et comme telles nous nous aimerons toujours. Mais, dis-moi, la Nounou n'a-t-elle pas été fâchée de se séparer de toi?

ANNETTE.

Non, au contraire. Quand madame Camille nous a fait dire qu'elle me prenait chez elle, papa et maman ont été tout joyeux de ma bonne fortune. Que de sages conseils ne m'ont-ils pas donnés alors ! et je m'en souviens bien et je ne désire qu'une chose, contenter Madame et me faire honneur par ma conduite.

CAROLINE.

Tu la contenteras très-certainement. Tu es si bonne, si habile.

ANNETTE.

Bah ! qu'est-ce que vous dites?

CAROLINE.

La vérité ; par exemple, tu n'es qu'une paysanne et tu couds mieux que moi.

ANNETTE.

Le peu que je sais, je l'ai appris de la sœur de notre curé.

CAROLINE.

Et moi aussi, j'ai eu une excellente maîtresse, mais, à vrai dire, jusqu'ici je n'ai montré que très-peu de bonne volonté. Maman est si indulgente, que, lorsqu'elle me voit pleurer, elle n'a pas le cœur de m'obliger à faire quelque chose et, pour parler franchement, je te dirai que je n'ai que trop abusé de sa bonté et que j'ai perdu tout mon temps avec mes joujoux. Mais depuis ton arrivée, ma chère Annette, je suis devenue tout autre et j'espère rattraper le temps perdu.

ANNETTE.

Le fait est qu'une jeune personne comme vous, qui a tous les moyens possibles pour s'instruire, peut devenir un vrai puits de science. Mais il faut que j'aille mettre en ordre la chambre de Madame. Je plie bien vite mon ouvrage.

CAROLINE.

Et moi je fais de même, parce que, quand tu n'es pas là, je ne peux absolument rien faire.

ANNETTE.

Je m'en vais et je reviens le plus tôt possible.
(*Elle sort.*)

SCÈNE II.

CAROLINE, puis ROBERT.

CAROLINE.

Pendant qu'Annette range la chambre de maman, je veux, moi, m'amuser avec ma poupée. Viens, chère petite, que je t'habille.
(*Elle fait toute sorte de mines à sa poupée.*)

ROBERT.

Voilà comme tu perds ton temps. Toujours

des poupées, toujours des joujoux! Et cela pendant que les maîtres se plaignent de toi et que je jette l'argent par les fenêtres.

CAROLINE.

Cher papa, j'ai travaillé toute la matinée.

ROBERT, *regarde à sa montre.*

Tu ne peux pas avoir fait grand'chose. Il n'est encore que onze heures.

CAROLINE.

Et pourtant j'ai déjà fait deux petits bouts de dentelle, j'ai dessiné, j'ai écrit, j'ai fait un peu de calcul.

ROBERT.

Que de choses, bon Dieu! fais-m'en donc voir quelqu'une.

CAROLINE.

Voilà ma dentelle.

(*Elle montre le tambour.*)

ROBERT.

C'est bien. Et ton dessin, où est-il?

CAROLINE, *troublée, à part.*

(Oh ! malheureuse ! je ne sais même pas où est mon carton à dessin.)

ROBERT.

Et ainsi ?

CAROLINE.

Cher papa, la tête que je copie est difficile, et je voudrais la montrer d'abord à mon maître. Je ne suis pas contente de mon travail, j'aurais honte de vous le faire voir.

ROBERT.

Faisons ce que tu veux. Apporte-moi tes cahiers d'écriture et de calcul.

CAROLINE, *à part.*

Que dire ? Il y a quatre jours que je n'ai rien fait.

ROBERT.

Va donc chercher tes cahiers.

CAROLINE.

Je vous les donnerais bien, mais il m'est arrivé un malheur, l'encrier était trop plein...

ROBERT.

Tais-toi, tu ne dis que des mensonges. Depuis plusieurs jours tes cahiers sont dans ma chambre, ainsi que ton carton à dessin, je voulais voir jusqu'où irait ta dissimulation. Il ne te suffit pas de passer des journées entières occupée à des *riens*, tu ajoutes encore le mensonge à la paresse.

CAROLINE.

Mais je...

ROBERT.

Sors de ma présence. En prenant des années tu deviens de plus en plus ignorante et vicieuse.

(*Caroline sort en pleurant.*)

SCÈNE III.

ROBERT, puis CAMILLE.

ROBERT.

Ah ! si je continue à garder Caroline à la maison, malgré toutes les peines, tous les soucis que me cause son éducation, ce sera une éducation manquée. Ma femme a pour cette enfant une tendresse aveugle ; elle ne sait pas la contredire, et si je la gronde de temps en temps, elle s'irrite contre moi. C'est là évidemment qu'est la source du mal. Je serai forcé de la mettre en pension, et cependant n'ayant qu'une fille, je l'aurais gardée bien volontiers auprès de moi...

CAMILLE.

Qu'avez-vous donc fait à la pauvre Caroline ? Elle est venue à moi en sanglotant, si bien que pour l'apaiser j'ai dû lui promettre de la conduire ce soir au théâtre.

ROBERT.

Vous n'en faites jamais d'autre... Je l'ai grondée parce qu'elle le méritait, et vous, vous voulez la récompenser.

CAMILLE.

Ne croirait-on pas qu'elle a commis un crime ?

ROBERT.

Sans doute elle ne peut commettre de crime,

mais en ne la reprenant pas de ses fautes, en ne la punissant pas...

CAMILLE.

Je vois bien où vous voulez en venir. Je n'ai que cette fille et vous me la ferez mourir de chagrin. Prétendriez-vous donc qu'elle étudiât sans jamais lever les yeux? Vous la grondez sans cesse, et, en vérité, on dirait que vous n'avez aucune affection pour elle.

ROBERT.

Ah! Camille! combien vous vous trompez. Si je ne l'aimais pas, je n'aurais pas tant de chagrin en la voyant grandir avec tant de défauts.

CAMILLE.

Mais, je vous le demande, quels sont ses défauts?

ROBERT.

Caroline déteste le travail et, tout naturellement, elle est légère, inconstante, frivole comme une personne qui vit dans l'oisiveté. De plus, j'ai découvert qu'elle mentait. Ne m'a-t-elle pas dit, avec toute l'effronterie possible, qu'elle avait fait ses devoirs, tandis qu'elle ne savait même pas où étaient ses cahiers !

CAMILLE.

Mais ceci est tout simple; la pauvre petite a craint d'être grondée. Souvenez-vous d'ailleurs qu'elle n'est encore qu'une enfant.

ROBERT.

A douze ans, une enfant ! Et quand voulez-vous donc qu'elle se corrige si elle ne le fait pas maintenant? Annette n'a qu'un an de plus qu'elle, et cependant elle est beaucoup mieux élevée.

CAMILLE.

Oh! quant à cela...

ROBERT.

Que voulez-vous que fasse de plus une paysanne? Elle travaille suffisamment bien, elle est docile, respectueuse envers ses maîtres, elle nous sert avec attention et ponctualité...

CAMILLE.

Oh! ne la louez pas tant, ce n'est encore que

balai neuf ; il y a à peine trois jours que nous l'avons à notre service.

ROBERT.

La tendresse aveugle que vous avez pour Caroline vous rend injuste. Et moi aussi, je l'aime, mais plus raisonnablement que vous, et comme je sais qu'en continuant à la garder à la maison, les choses iraient de mal en pis, j'ai résolu de la mettre au couvent et de l'y laisser jusqu'à ses dix-huit ans accomplis.

CAMILLE.

Qu'est-ce que vous dites là ? Et vous auriez le cœur de vous séparer d'une fille unique ! Oh ! mon Dieu, elle, si frêle, si délicate, elle pourrait tomber malade, mourir.....

ROBERT.

J'aurais moins de chagrin de la perdre que je n'en ai en la voyant devenir de plus en plus ignorante et vicieuse.

CAMILLE.

De grâce, mon ami, ne la séparez pas de moi, j'en serais au désespoir.

ROBERT.

Du moment où cela pourrait vous causer une si vive douleur, n'en parlons plus. Mais, croyez-moi, changez de système, et persuadez-vous bien, une fois pour toutes, que l'affection qui n'est pas guidée par la raison est plutôt pernicieuse qu'utile aux enfants. Accoutumer Caroline aux divertissements de toute sorte, c'est la détourner de plus en plus de ses devoirs. Sans doute il faut récompenser les enfants quand ils travaillent, mais non les dissiper.

CAMILLE.

Désormais j'agirai d'après vos conseils et je vous promets de faire tout ce qui dépendra de moi pour me corriger de ma trop grande indulgence.

ROBERT.

Agissez ainsi et vous n'aurez jamais lieu de vous en repentir. Mais j'oubliais de vous prévenir que nous aurons aujourd'hui du monde à dîner.

CAMILLE.

C'est bien, je vais donner les ordres nécessaires.

(*Ils sortent.*)

SCÈNE IV.

Pendant que les PRÉCÉDENTS sortent, CAROLINE entre du côté opposé et s'avance tout doucement.

CAROLINE.

Enfin ils sont partis... J'ai la clef de l'armoire aux friandises et je vais bien m'en donner. (*Elle met une chaise devant l'armoire qui est au fond du théâtre.*) Maman a laissé sa bourse sur la commode, et moi, bien vite, bien vite, j'ai pris ma chère petite clef (*elle monte sur la chaise et ouvre*); puis je la remets et personne ne s'en apercevra. Oh! que de bonnes choses! un morceau de pain d'épice, des dragées, des petits gâteaux! Qu'est-ce que je prendrais bien? Le pain d'épice me plairait beaucoup, mais si j'en cassais un morceau, on le remarquerait; je ferai mieux de prendre quelque chose de plus petit. Oui, oui, je mets tout comme cela dans une assiette. (*Elle descend avec une assiette pleine de friandises.*) Oh! que ces petits pâtés me font de plaisir à voir! Mais je ne veux pas les manger ici parce que je pourrais être surprise; je les mettrai dans mon mouchoir, et puis quand je serai dans ma chambre... (*Elle met les gâteaux dans un mouchoir et, après les avoir bien enfermés, elle remonte pour remettre l'assiette; on entend le bruit de quelque chose qui se casse.*) Oh! replaçons bien vite l'assiette où elle était. Bon Dieu! qu'est-ce que j'ai fait?.. J'ai cassé un des flacons dorés... et maintenant comment réparer ce malheur? Si papa le savait! mais heureusement qu'il n'y a personne là. On ne pourra pas me dénoncer. Vite, vite, je referme l'armoire et je ne sais rien. (*Elle ferme l'armoire et descend.*) Ah! j'entends du monde dans la salle à manger. Les gâteaux, la clef, où cacher tout cela?... Ceux-ci sont bien enveloppés, on ne les voit pas; quant à la clef je la mettrai là. (*Elle met la clef dans le panier à ouvrage.*)

SCÈNE V.

ROBERT, VINCENT et la PRÉCÉDENTE.

ROBERT.

Venez par ici, brave homme, vous pouvez maintenant voir votre fille.

VINCENT.

Oh ! merci, monsieur. Sa mère était si impatiente d'avoir de ses nouvelles.

ROBERT.

C'est bien naturel.

CAROLINE.

Oh! cher papa Nounou, comment cela va-t-il?

VINCENT.

Très-bien, ma chère petite demoiselle.

CAROLINE.

Et pourquoi ma Nounou n'est-elle pas venue?

VINCENT.

La course est longue, et aujourd'hui elle ne pouvait quitter la maison. Elle viendra un jour de fête.

CAROLINE.

Il me semble qu'il y a un siècle que je ne l'ai vue. Mais si vous voulez voir Annette, elle est là. Attendez, je vous conduirai à elle.

VINCENT.

Si monsieur le veut bien ?

ROBERT.

Certainement, allez.

CAROLINE.

Venez, venez avec moi.

VINCENT.

Je viens, ma jolie petite demoiselle.

(*Ils sortent.*)

ROBERT.

Ma Caroline a bon cœur, c'est ce qui me console. Là où il y a du cœur il y a toujours de la ressource; les défauts peuvent être corrigés. Oh! que de peines, que de soucis pour élever les enfants! S'ils le savaient, ils se conduiraient toujours bien et nous recueillerions le fruit de nos peines.

FIN DU PREMIER ACTE.

ACTE SECOND

SCÈNE Ire.

ANNETTE, puis CAMILLE.

ANNETTE.

Pendant que mon père se repose un peu, je veux finir cette chemise. (*Elle s'assied près de la table.*) Pauvre homme! il n'y a que trois jours que j'ai quitté la maison, et déjà il vient me voir. (*Elle prend le panier à ouvrage, la clef tombe par terre.*) Qu'est-ce que c'est? Une clef! qui donc l'a mise là? Je ne comprends pas. Il me semble que c'est la clef de l'armoire. Oui, certainement, c'est bien celle qu'hier Madame m'a envoyée chercher, mais je veux m'en assurer. (*Elle s'approche de l'armoire et essaye la clef.*)

CAMILLE, *à part.*

Que fait donc Annette à l'armoire?

ANNETTE, *à part.*

Oh Dieu! ma maîtresse!

CAMILLE.

Qu'est-ce que tu fais là petite effrontée? Comment as-tu cette clef dans la main?

ANNETTE.

Madame, ne croyez pas... Cette clef...

CAMILLE.

Et pourquoi te troubles-tu? Pourquoi rougis-tu ainsi? Ah! misérable! je vois ce qu'il en est. Tu as été balayer ma chambre, j'y avais laissé ma bourse...

ANNETTE.

Comment? Est-ce que vous pourriez croire?

CAMILLE.

Oui, que tu l'as prise.

ANNETTE.

Oh ! non ! je ne suis pas capable...

CAMILLE.

Tais-toi ; donne-moi la clef. (*Elle lui arrache la clef des mains et ouvre l'armoire.*)

ANNETTE.

De grâce, écoutez-moi !

CAMILLE.

Des gâteaux ont été pris, de plus un flacon de verre de Bohême a été cassé. Ah ! malheureuse ! que dira mon mari ?

ANNETTE, *tremblante.*

Madame... Je ne suis pas coupable !

CAMILLE.

Ah ! tu n'es pas coupable? Ne t'ai-je pas prise sur le fait? Essaye donc de le nier...

ANNETTE.

J'étais près de l'armoire, c'est vrai ; mais je vous assure que je ne l'ai pas ouverte...

CAMILLE.

Et les friandises qui manquent? et le flacon cassé? et cette clef dans ta main?

ANNETTE.

Oh Dieu! que répondre? Cette clef, je l'ai trouvée dans mon panier à ouvrage; seulement, pour m'assurer si c'était bien celle que je vous ai portée hier, je l'essayais.....

CAMILLE.

Va conter ces mensonges-là à tes pareilles. En attendant, remercie le ciel qui a envoyé ton père chez moi. Tu pourras t'en aller avec lui et l'affaire ne sera pas ébruitée.

ANNETTE.

Vous me chassez donc?

CAMILLE.

Certainement, veux-tu que j'attende que tu fasses pire encore?

ANNETTE.

Ah! madame! ayez pitié.....

CAMILLE.

Lève-toi, misérable! Tout ce que je peux faire, c'est de ne pas publier ta faute. Si tu veux continuer à servir, mes renseignements ne te nuiront pas. Mais, après ce qui vient de se passer, je ne peux ni ne veux te garder près de moi.

ANNETTE.

Mais je vous jure que je suis innocente.

CAMILLE.

Va-t'en, te dis-je. Prends tes effets et prépare-toi à partir avec ton père.

ANNETTE, *à part.*

Puisse le ciel faire connaître la vérité!

SCÈNE II.

CAMILLE, puis ROBERT.

CAMILLE.

J'avais vraiment fait un bon choix; si, au bout de trois jours, elle a été si effrontée, que ne fera-t-elle pas dans la suite? Mais voilà mon mari. Venez, venez; j'ai une belle chose à vous conter.

ROBERT.

Qu'est-ce qu'il y a de nouveau?

CAMILLE.

Annette, cette enfant si bien élevée... Oh! n'en doutez pas, c'est une fleur d'innocence...

ROBERT.

Je n'ai jamais pensé qu'elle ne pût commettre quelque petite faute...

CAMILLE.

C'est bien autre chose... C'est une effrontée, pour ne pas dire davantage. Qu'il vous suffise de savoir qu'elle a pris dans ma bourse la clef de cette armoire, qu'elle a dérobé des friandises qui y étaient serrées, et que, de plus, dans sa précipitation, elle a brisé un des douze flacons dorés que vous aviez fait venir dernièrement.

ROBERT.

Mais, Camille, êtes-vous bien sûre de ce que vous dites?

CAMILLE.

On ne peut plus sûre, je l'ai prise sur le fait.

ROBERT.

Comment? vous l'avez vue prenant les bonbons et cassant...

CAMILLE.

C'était déjà fait... Quand je l'ai surprise, elle refermait l'armoire.

ROBERT.

Mais Annette, que dit-elle?

CAMILLE.

Naturellement elle nie tout. Elle prétend avoir trouvé la clef dans ce panier et ne pas avoir ouvert...

ROBERT.

Est-ce qu'il ne pourrait pas en être ainsi?

CAMILLE.

Quoi! vous croyez à de semblables excuses? en vérité, vous êtes un bon homme.

ROBERT.

Mais pour une jeune fille timide et soumise cela me paraît impossible.

CAMILLE.

Vous connaissez le proverbe : Méfiez-vous de l'eau qui dort.

ROBERT.

Ceci est vrai. Mais avant de précipiter un jugement, il faut considérer, rechercher avec soin... Appelez-moi Caroline.

CAMILLE.

Croiriez-vous qu'elle...

ROBERT.

Je ne crois rien, mais il me plait de l'interroger.

CAMILLE.

Oh ! ceci, je ne l'aurais jamais pensé. Vous croyez plutôt votre fille coupable...

ROBERT.

Vous me mettriez en colère. Non, je ne crois rien, je vous le répète. Seulement je veux lui parler... Mais que le ciel soit loué, la voilà précisément.

SCÈNE III.

CAROLINE, entre et s'arrête au fond du théâtre.

CAROLINE, *à part.*

Oh ! ils sont ici, je ne pourrai pas reprendre la clef maintenant.

CAMILLE.

Viens, viens, Caroline. Ton père te croit bien plus mauvaise que tu n'es.

ROBERT.

Mais, Camille...

CAMILLE.

Ce sont des choses dont je ne veux pas être la dupe. Je n'admets pas de justification.

CAROLINE, *à part.*

(Il y a du trouble ici ; il faut payer de hardiesse, d'autant plus que maman me donne toujours raison.)

CAMILLE.

Connais-tu cette clef?

CAROLINE.

Cette clef?... Non je ne l'ai jamais vue.

ROBERT.

Mais les petits gâteaux, les dragées, tu en as pourtant mangé.

CAROLINE.

Oui, mais...

ROBERT.

Donc tu...

CAMILLE.

Et ne voyez-vous pas que vos questions insidieuses la confondent.

ROBERT.

C'est précisément ce que je veux.

CAMILLE.

Dis-moi, as-tu pris des friandises dans l'armoire ?

CAROLINE.

Non, en vérité.

ROBERT.

Mais, tout à l'heure tu disais que tu en avais mangé.

CAROLINE.

Je voulais dire que j'avais mangé de celles que maman me donne quelquefois.

CAMILLE.

Pauvre petite ! l'entendez-vous ?

ROBERT.

Prends garde de mentir. Toute faute est pardonnable quand on la confesse, mais nier la vérité et faire tomber le soupçon et le châtiment de sa propre faute sur une autre personne, c'est l'action la plus basse, la plus inique...

CAMILLE.

A quoi bon l'épouvanter ainsi? Si elle était coupable, elle le dirait. N'est-ce pas, ma chère Caroline?

CAROLINE.

Oui, maman, si j'étais coupable je le dirais.

CAMILLE.

Va, pauvre enfant, va jouer dans le jardin. Nous n'avons plus besoin de toi.

CAROLINE.

J'y vais tout de suite. (*Je m'en suis bien tirée.*)
(*Elle sort en courant.*)

CAMILLE.

Eh bien! êtes-vous satisfait?

ROBERT.

Pas trop, en vérité; car vous ne m'avez pas laissé l'interroger à ma manière. Néanmoins je n'ai pas le cœur de la croire capable de mentir à ce point.

CAMILLE.

Je voudrais bien vous voir encore douter de sa franchise. Savez-vous ce que j'ai l'intention de faire? Puisque le père d'Annette est ici, je veux qu'elle parte avec lui immédiatement.

ROBERT.

Il ne me semble pas que ce soit chose tellement importante pour prendre une résolution si soudaine.

CAMILLE.

Comment? Cela vous paraît peu de chose, prendre dans ma bourse une clef pour ouvrir mon armoire? Voulez-vous donc que, si, cette fois, elle a pris des friandises, elle prenne une autre fois du linge ou de l'argent? Et puis, sachez-le bien, quand une personne a perdu ma confiance, elle ferait des miracles, que je ne me fierais pas à elle davantage.

ROBERT.

Faites ce que vous voulez. Vous l'avez prise à votre service, vous la renvoyez, cela vous regarde. Quant à moi, je vais écrire une lettre avant le départ du courrier; si les amis que j'ai invités viennent, vous les recevrez.

(*Il sort.*)

SCÈNE IV.

CAMILLE, puis VINCENT.

CAMILLE.

J'ai entendu, je vais m'habiller.

VINCENT.

Madame, pardonnez-moi si je vous dérange, mais, je vous en prie, arrêtez-vous un moment.

CAMILLE.

Je n'ai pas de temps à perdre.

VINCENT.

Deux mots, de grâce.....

CAMILLE.

Et que veux-tu donc de moi ?

VINCENT.

Que vous ne croyiez pas ma fille capable d'une mauvaise action. Nous sommes pauvres, mais honnêtes, et Annette, avant de venir ici, était toujours dans la maison de notre curé, et lui et sa sœur la regardaient comme l'honnêteté même.

CAMILLE.

Tant mieux. Qu'elle retourne donc là, je m'en lave les mains. Mais croyez que, si je n'étais pas sûre de ce que je dis, je ne l'aurais pas renvoyée.

VINCENT.

Ah! notre honneur, madame...

CAMILLE.

Quant à cela, je te promets que personne hors de la maison ne saura rien. Adieu, brave homme; si je puis t'être utile un jour, compte sur moi.

SCÈNE V.

VINCENT, puis ANNETTE.

VINCENT.

Me laisser ainsi! Oh! malheureux! serait-il possible que ta fille eût un moment oublié tes conseils et ceux de sa mère? Mais, non, elle nie avec trop d'assurance, et mon Annette n'est pas habituée à mentir.

ANNETTE.

Mon père, est-ce que madame n'a pas changé d'idée? Vous lui avez dit...

VINCENT.

Je lui ai dit mille choses, mais elle ne m'a pas écouté. Elle veut absolument que tu partes avec moi.

ANNETTE.

Oh Dieu! que dira ma mère?

VINCENT.

Pauvre femme! figure-toi ce qu'elle souffrira.

ANNETTE.

Et M. le curé, et sa sœur, et mes compagnes qui enviaient mon sort, que diront-ils tous en me voyant revenir à la maison au bout de trois jours? Ils croiront que j'ai commis quelque crime, et pourtant je n'ai rien fait de mal, oh! je n'ai rien fait du tout!...

(*Elle fond en larmes.*)

VINCENT.

Pauvre enfant! elle me fend le cœur.

(*Il s'essuie les yeux.*)

ANNETTE.

Je vous en conjure, allez parler au maître... Il paraît plus raisonnable que sa femme... Dites-lui qu'avant de partir je demande à être entendue... Priez-le, suppliez-le de m'accorder cette faveur.

VINCENT.

Oui, mon Annette, je veux te contenter quoique dans cette circonstance nous ayons peu à espérer. Mais si nous ne réussissons pas, tranquillise-toi et retourne contente chez tes parents, car le proverbe dit : *Fais ce que dois, advienne que pourra*, ou bien encore : *Ne fais pas le mal et tu ne craindras rien.*

SCÈNE VI.

ANNETTE, assise près d'une table dans l'attitude de la douleur, puis CAROLINE.

ANNETTE.

Ah ! il n'est que trop vrai qu'ici-bas un plaisir est toujours suivi d'une peine ! Qui est-ce qui m'aurait dit, il y a seulement trois jours, quand j'entrais dans cette maison, pour être au service de madame Camille et que je croyais toucher le ciel du doigt, que je serais chassée, et cela sans raison...

CAROLINE.

Enfin je te trouve seule. Tiens, chère Annette, je t'ai gardé deux petits gâteaux... Mais qu'as-tu donc, pauvre petite? est-ce que tu pleures? qu'est-ce qui a pu t'arriver?

ANNETTE.

Laissez-moi, je vous remercie, je ne veux rien.

CAROLINE.

Serais-tu en colère contre moi? Que t'ai-je donc fait?

ANNETTE.

Ma chère petite maîtresse, que dites-vous là? mais vous ne savez donc pas que tout à l'heure je dois quitter cette maison?

CAROLINE.

Comment? pour toujours?

ANNETTE.

Madame me renvoie.

CAROLINE.

Et pourquoi, Annette chérie?

ANNETTE.

Elle croit que je suis une voleuse, mais je ne

le suis pas, vous le savez bien, vous du moins!...
(*Elle pleure.*)

CAROLINE.

Oui certes, je le sais, je ne pourrais pas te croire si mauvaise; mais ne crains rien, ma chère, j'irai trouver maman, elle fait tout ce que je veux, je lui dirai que tu es incapable... En attendant, essuie tes yeux, car cela me fait de la peine de te voir ainsi. Mais, dis-moi qu'est-ce que maman croit que tu lui as volé?

ANNETTE.

Une maudite clef trouvée dans ce panier...

CAROLINE.

Comment! une clef? (Dieu, serait-ce mon affaire?)

ANNETTE.

Elle croit que j'ai dérobé une partie des friandises qui étaient enfermées dans l'armoire, et que j'ai cassé un flacon qui se trouvait là aussi.

CAROLINE, *à part.*

Ah ! c'est mon mensonge qui a fait soupçonner Annette ! Est-ce que je pourrais la laisser punir à ma place ?... Mais comment confesser ma faute ? je mourrais de honte...

ANNETTE.

Pourquoi parlez-vous tout bas? Vous savez peut-être quelle est la personne qui a mis la clef dans le panier.

CAROLINE.

Je ne sais rien du tout... Mais est-ce que maman t'a réellement renvoyée ?

ANNETTE.

Oh oui ! ce n'est que trop vrai, et mes prières et celles de mon père ont été inutiles. Il me faudra retourner à la maison, chassée..... déshonorée..... Ah ! je n'y puis penser !.....

CAROLINE.

(Je n'y tiens plus.) Annette, ma bonne Annette... (*Elle l'embrasse en pleurant.*) Dieu !

j'entends la voix de papa, celle de maman; ils viennent de ce côté... fuyons par là...

(*Elle sort en courant.*)

ANNETTE, *seule.*

Sa confusion, ce parler à voix basse, les gâteaux qu'elle voulait me donner, tout cela me fait croire qu'elle... Ah ! certainement, dans le salon il n'y avait que nous deux et madame Camille. Mais, quoi, ne pourrais-je pas me disculper en l'accusant elle-même..... Oh! non! car sait-on quel châtiment lui infligerait son père? Que le ciel me préserve d'en être la cause ! Je me tairai, je partirai; ce qui me console, c'est l'espérance qu'elle-même, un jour peut-être, me justifiera.

SCÈNE DERNIÈRE.

ROBERT, CAMILLE, VINCENT et la PRÉCÉDENTE, puis enfin CAROLINE.

ROBERT, *entre en parlant à sa femme.*

Oui, les accusés ont le droit d'être entendus avant d'être condamnés à subir leur peine.

CAMILLE.

Tout cela est inutile. Je ne le fais que pour vous contenter.

ROBERT.

Annette, nous sommes là tous les deux, pour entendre ta justification.

ANNETTE, *à part.*

(Si je me défends, le soupçon tombera sur Caroline.)

VINCENT.

Ma fille, dis bien tout ce que te dicteront et

ton cœur et la vérité. Tes bons maîtres veulent bien t'entendre.

CAMILLE.

Dites vite ce que vous avez à dire, parce que je dois aller m'habiller.

ANNETTE.

Pardonnez-moi, madame, si j'ai eu la hardiesse de vous déranger ; et vous aussi, mon bon père, pardonnez-moi... le seul désir de vous baiser la main avant de m'en aller...

VINCENT.

Comment ? tu ne veux donc pas les convaincre de ton innocence ?

ANNETTE.

Cher père, il faut que je parte d'ici; avec le temps on découvrira peut-être la vérité.

ROBERT.

En attendant, tu n'as donc rien à dire pour ta défense ?

CAMILLE.

Que voulez-vous qu'elle dise? Je vous ai assez répété que la chose était claire.

VINCENT.

Annette, mon enfant, est-ce que tu ne répondras rien ? Ah ! je ne me serais pas attendu à être forcé de rougir pour toi... Tu me fais appeler tes maîtres, et puis, devant eux, tu deviens muette, tu baisses la tête : la honte s'unit à la faute... Devrai-je croire que tu es coupable ?

ANNETTE.

Non, mon père, je ne le suis pas ; ma conscience ne me reproche rien et cela suffit. Pour le moment je ne puis ni ne dois dire rien de plus. Partons...

VINCENT.

Je suis abasourdi.

ROBERT, *à part.*

(Malgré moi, un soupçon m'agite.)

(Il s'assied près de la table et appuie sa tête sur sa main dans l'attitude de la réflexion.)

ANNETTE.

Madame, permettez-moi de vous baiser la main.

CAMILLE.

A quoi bon ? Je vous en dispense. Adieu, je vous souhaite un bon voyage.

CAROLINE.

Arrêtez... Qu'Annette ne parte pas... Papa, chère maman, je me jette à vos pieds.

(*Elle s'agenouille.*)

ROBERT.

Toi, Caroline, est-ce que ?...

CAMILLE.

Ne viens pas me demander sa grâce, je te préviens que je ne t'écoute pas.

CAROLINE.

Que dites-vous ? C'est pour moi seule que je dois prier... J'ai pris la clef dans la bourse, pour dérober les friandises. En la remettant, l'assiette a cogné le flacon qui s'est cassé ; alors entendant du monde, j'ai caché la clef dans le panier. Voilà dans ce mouchoir la preuve de ma faute.

(*Elle donne le mouchoir à son père, qui l'ouvre et voit les petits pâtés.*)

VINCENT.

Dieu soit loué !

CAMILLE, *à part.*

(Je suis toute confuse !)

ROBERT.

Et tu as pu nier avec tant d'audace...

ANNETTE.

Monsieur, je vous en supplie, ne l'humiliez pas ; elle s'est repentie et son bon cœur.....

ROBERT.

Oui, le repentir qu'elle montre atténue sa faute. Mais, Caroline, vois quels malheurs peut amener un seul mensonge. Le mensonge nous rend coupables devant Dieu, nous attire la haine des hommes et nous avilit à nos propres yeux.

CAROLINE.

Je ne le sens que trop. La peine que j'ai causée à Annette et à son père me pénètre d'un vif repentir... Ils ont raison de me détester... Mais, oh ! mon Dieu ! faites que mon repentir m'obtienne leur pardon !

(*Elle sanglote.*)

ANNETTE.

Ma chère petite maîtresse, je vous aime encore plus qu'auparavant.

ROBERT.

Viens, Caroline, viens dans mes bras. Je t'absous même du châtiment que tu as mérité, bien certain que tu te corrigeras... Mais, vous, Camille, pourquoi vous taisez-vous ?

CAMILLE.

Je suis si confuse que je ne puis parler.

ROBERT.

Apprenez, ma chère Camille, à ne pas trop précipiter vos jugements ; et souvenez-vous que la tendresse aveugle des parents fait souvent les enfants vicieux et presque toujours mal élevés... Annette, sèche tes larmes, et continue à aimer ma fille. Toi, Vincent, cache à ta femme ce qui vient d'arriver; et toi, Caroline, rappelle-toi, à chaque instant de ta vie, de combien de peines un mensonge a été la source, et pour toi et pour les autres.

FIN DU MENSONGE.

TABLE

Imprimé par Ch. Noblet, rue Soufflot, 18.

www.ingramcontent.com/pod-product-compliance
Lightning Source LLC
LaVergne TN
LVHW020030170826
845678LV00001B/202

9782329736730